EL AMOR INTELIGENTE

Rudy La Scala

EL AMOR INTELIGENTE

EDITORIAL
Letra Minúscula

Primera edición: febrero de 2021
ISBN: 978-84-18640-20-9
Copyright © 2021 Rudy La Scala
Corrección: Dalila Da Silva Ferreira
Editado por Editorial Letra Minúscula
www.letraminuscula.com
contacto@letraminuscula.com

Prólogo

Desde pequeño siempre he amado la figura de Cristo, a tal punto que pensaba, casi en serio, que de grande sería cura. Mis pensamientos fueron cambiando en la adolescencia, cuando descubrí por mis sensaciones y emociones físicas, que mi interés hacia las muchachas superaba mis expectativas respecto a ser parte de la familia de la Iglesia católica y Apostólica.

Desde entonces he vivido muchas experiencias, unas buenas y otras no tanto. A veces siento que la mayoría de los seres humanos vivimos una vida de marionetas manejadas por extrañas energías, o sencillamente que estamos encadenados a un cuerpo obligado a transitar por experiencias y situaciones, muchas veces tildadas como crecimiento personal para sentirnos menos desgraciados.

Como si uno al nacer tiene al frente un ser de *Luz* que te explica todo, al igual que cuando se entra a una Academia Militar y te dicen cuales son las reglas para que puedas llegar a escalar para ser teniente o general.

Lamentablemente nada de eso pasa ¡Ojalá fuera así!, porque el curso de la vida sería más sencillo si supiéramos con certeza el por qué existimos. Y no porque algunos supuestos sabios o buenos manipuladores nos digan lo que ellos creen que es la verdad.

Sería más sincero y más claro que nacer y crecer en una sociedad en la que algunos creen que una berenjena es un Dios y otros que bañarse o comer con las ratas está bien, o peor aún, que explotar con una granada en una multitud inocente te lleva al cielo.

Como siempre digo: *"nadie es culpable de su propia ignorancia"*, hasta el momento que se da cuenta que ya no es un animal sino un ser pensante, o sea: *cuando piensa,* analiza con la lógica, y *no* cuando se deja llevar por el pensamiento ya programado o por la química del cuerpo que le dispara hormonas que le causan *emociones y sensaciones*, si lo deseamos definir con una expresión más biológica.

He crecido entre 2 países de diferentes culturas: Italia y Venezuela. Italia es un país en donde la emigración de la posguerra y el drama, eran parte fundamental y alimento de la vida ¡Miren las películas italianas de los 50 ... guaoooooo! ¡Qué drama!

Venezuela, el país en donde crecí y viví la mayor parte de mi vida y vi los extremos de la riqueza y la pobreza, del poder y la necesidad. Le doy gracias a esa tierra bendecida por el Universo en todo sentido, por haberle abierto las puertas a mi familia y a muchas más como la mía. Le dio la oportunidad a todos de escoger ser buenos emigrantes constructores, o malos extranjeros aprovechadores; al final del cuento entenderán muchas cosas, como esta última.

Por un momento se pueden imaginar un niño que nace en la cuna del Vaticano y crece en la tierra de las oportunidades: brujería blanca y negra, petróleo, mujeres sensuales y bellas. La ilusión de hacer plata para después regresar a la patria querida del viejo; a morir jugando cartas y tomando vino con los amigos que se quedaron en el pueblo.

El cuento que van a leer a continuación, es el resultado de muchas vivencias y aprendizajes, y en este momento de mi vida es que me doy cuenta que el poder mas grande que un ser humano tiene es... SU MENTE. Es el tesoro y clave de todos los secretos de la VIDA, y a la vez, el disco duro de nuestro cuerpo que nos conecta a la gran red del Universo, o lo que es lo mismo, al verdadero padre que habita dentro de cada uno.

MENTE * ALMA* ESPÍRITU * CUERPO
De estos 4 ¿Quiénes somos nosotros?
¿Los 4 o uno de ellos?

Sea el que sea, en definitiva, CREER Y ESTAR CON-VENCIDO DE QUE LO QUE CREAMOS ES MAGIA

PURA, NOS CONVIERTE EN DIOSES O FANÁTICOS, EN PASTORES U OVEJAS.

Quiero recalcar algo que considero la esencia de todo lo que aprendí en mi vida y que lo manifiesto en este pequeño cuento:

EL AMOR INTELIGENTE

Es un total de *Comprensión, Conocimiento, Fe, Voluntad, Sabiduría, Paciencia y Fortaleza.*

Amor no es: Hoy te amo y mañana posiblemente ya no siento nada por ti, por lo tanto gracias por todo, ADIÓS.

Termino este prólogo con estas palabras:

Estoy convencido que no somos lo que nos hicieron creer que somos, y Dios no es lo que nos inculcaron que es...*un ser que destruye cuando se irrita y te premia si lo adoras.*

DIOS PADRE UNIVERSO ES INFINITAMENTE MUCHO MÁS DE LO QUE NUESTRO CONOCIMIENTO PODRÍA ACERCARSE A COMPRENDER, ES EL ÁRBOL SUPREMO DONDE NACIÓ:
EL AMOR INTELIGENTE

Gracias

Cuentan por la vida, que cuando uno menos lo espera aparece lo que todos buscamos en silencio y sin decirlo:

EL VERDADERO Y ÚNICO AMOR, el que nos llena solo de saber que existe y que está ahí para uno en cualquier momento, para darnos fuerza y coraje, sabiduría y conocimiento, comprensión y paciencia . En el lugar que se encuentre, sin límite de tiempo, son pocos los que lo encuentran, porque son pocos los que lo entienden, y saben dónde y cómo buscar.

Daniel, era una paloma que poseía la facultad de volar más rápido hacia lo alto que cualquier otra ave sobre la tierra, sus plumas estaban manchadas por pequeños puntos en forma de ojos negros, también se distinguía de su grupo por ser el más romántico y soñador. Desde siempre acostumbraba decir: —Compañera de amor, donde estés algún día te encontraré—. Sus amigos se burlaban de su forma de hablar y continuamente le repetían —¿Cómo puedes reconocer esa compañera de amor, si cuando tienes una te dura lo que dura una luna llena?—. Daniel, a esas burlas solía responder —Yo sé que existe y ella sabe que yo existo, cuando llegue el momento del encuentro nuestras miradas nos dirán que la búsqueda ha terminado—.

Él poseía un carácter muy sensible y aventurero, creía en todos a pesar de que lo consideraban loco, en el silencio de las noches, era cuando más extrañaba a su amada, será por qué la soledad es fría y toca el alma cuando el vacío es más profundo, pero el sol cada mañana lo despertaba y con la luz tenue y suave del amanecer le hacía olvidar su melancólica espera. Su dicho era —¡Hoy es mejor que ayer!— y después de un buen baño se lanzaba al vacío emprendiendo su acostumbrado vuelo hacia el cielo.

Mientras volaba pensaba: desde lo alto se puede visualizar mejor la vida; le gustaba cruzar muy cerca del nido de un águila que muchos le temían porque decían que era Tanás. Daniel nunca llegó a verla pero le hacía gracia porque estaba convencido que Tanás no existía y que vivía solo para aquellos que tenían temor de todo y de todos, y la utilizaban como escudo para protegerse de su inseguridad. Cuando sus amigos le aconsejaban cuidarse, Daniel acostumbraba contestar —¡Que se cuide aquel que alguna vez hizo algo!—. El águila a pesar de verlo tan cerca nunca tuvo el deseo de atacarlo, lo seguía con la mirada firme y sin movimiento en el cuerpo, solo lo seguía con sus ojos.

Una noche, Daniel fue invitado a una reunión, él acudió perfumado más que nunca y por un momento su entusiasmo fue frenado por un presentimiento... algo hermoso que no pudo adivinar y se esfumó de inmediato, —¿Qué será?— pensó. La reunión era agradable pero nada diferente a las demás. El fue solo con un propósito... conocer alguna linda paloma de suave y tiernas plumas. Muchos saludos, bromas, en fin, lo mismo de siempre. Daniel tenía un carácter que no soportaba estar rodeado de seres que solo sabían hablar de cosas superficiales, por eso al rato se alejaba de los grupos, para volar libre y sentirse más cerca de la vida.

Ella era distinta... después de un buen rato entre la confusión y la música, Daniel percibió un calor diferente a sus espaldas que acompañado por una corazonada le hizo voltear... ¡Lo que vieron sus ojos... lo dejaron paralizado! , todos los sonidos, imágenes se desvanecieron a su alrededor. Ella..., Denis, una paloma de un cándido color blanco sintió lo mismo. Ambos se miraban desde lejos y sin darse cuenta se fueron acercando el uno al otro. Daniel la besó tiernamente y sus plumas la cubrieron de un cariño transparente. Sin pronunciar una sola palabra volaron juntos, lejos de la reunión, y se amaron días y noches, bajo el sol y las estrellas, cada beso, abrazo o caricia era diferente a los del pasado, pudiendo distinguir que aquellos... fueron de aventura.

La pareja se sentía atrapada por un sentimiento tan maravilloso como nunca antes ser viviente había conocido. Desde esa noche nunca pronunciaron una palabra, las miradas eran tan intensas que cualquier sonido habría sobrado.

Ambos intrigados por lo que estaban viviendo se preguntaban a escondidas en el pensamiento —¿Serás tú, mi verdadero y único amor?, ¿cómo se puede saber o adivinar, después de haber esperado pacientemente entre un sueño y otro?—. El tiempo como siempre contesta las preguntas en su debida hora de la verdad.

El gran amor de Daniel y Denis fue premiado con la llegada de un hijo que llamaron Ángel. El pequeño parecía la criatura más feliz y pura de todo el universo, fue creciendo plácidamente y todo a su alrededor se iluminaba con su inocente sonrisa. Denis y Daniel no le pedían más nada a la vida, tenían todo lo que un ser puede desear desde lo más sincero y profundo del corazón.

La criatura aprendía con cada mirada, la pareja nunca pronunció una sola palabra. El amor verdadero habla con los ojos del alma. Sus amigos nunca pararon de burlarse porque no entendían, cómo era posible una comunicación sin palabras; así que como es normal en este mundo cuando la ignorancia no comprende, dijeron: —¡Están locos!—.

La feliz familia no le prestaba atención a las burlas, su realidad era otra, y muy cerca de la verdad. Ángel fue aprendiendo a hablar y a amar con los ojos. En la distancia sus padres le enseñaron que el verdadero amor es como una célula que se desprende del alma y pasa a ser parte del otro, o de todos aquellos que queremos y nos quieren amar. El amor verdadero no muere jamás, porque nació para la eternidad, solo el amor del cuerpo muere cuando se vuelve posesión, y la posesión limita la libertad, y sin libertad se limita la felicidad, y sin felicidad… ¿Cómo puede haber amor?.

El amor del cuerpo es de tal posesión que cuando uno de los dos llega a faltar el otro cesará de vivir ¡Quien ama de verdad será amado en la eternidad!

De vez en cuando Denis y Daniel volaban en diferentes direcciones para enseñarle a Ángel que los tres podían amarse y estar cerca a pesar de la lejanía de los cuerpos.

Denis solía decir: "Si quieres estar con alguien querido, solo deséalo con el sentimiento más profundo de amor, y así será. Algo mágico ocurrirá y juntará a los que se buscan, porque la magia brota cuando el deseo es grande y sincero".

En una tarde tranquila, ventilada por una suave brisa de otoño, Daniel fue a visitar a sus viejos amigos que acostumbran a reunirse alrededor de una pequeña fuente situada al centro del pueblo. A Daniel le divertía escuchar como sus compañeros lograban averiguar cada detalle sobre la vida cotidiana de las familias vecinas. Le entretenía especialmente esa fantasía maliciosa que usaban al contar las últimas novedades del día. Entre ellos se encontraba Tami, una vieja amiga que desde pequeña siempre gustó de Daniel, y acercándose muy sutilmente le preguntó:

—¿Cómo está tu amor querido?

—Muy bien —contestó él— Está donde quiere y desea estar.

—¡Oh! ya lo creo —respondió Tami con un tono sarcástico.

—La última vez que vi a Denis, la vi abrazando a un viejo amigo, que si bien recuerdo tuvieron un romance en el pasado, y quien sabe… si aún lo siguen teniendo, tú sabes…los grandes amores nunca se olvidan.

Las palabras de Tami sonaron frías y cortantes. Fueron dichas con todo el deseo de provocar una situación de pelea entre la feliz pareja. Daniel mojando sus plumas muy tranquilamente en la fuente le contestó:

—¿Cuándo dejarás de pensar con la lengua?, ¿no ves que así alejas a quien quiere acercarse a ti, y solo cosechas soledad y amarguras?...Tami pareció no entender o quizás no quiso razonar las palabras de Daniel, y continuó hablando mientras en el agua cristalina de la fuente se reflejaba la imagen de un águila volando silenciosamente…

—Existe un solo Tanás, y es aquel que nace y sobrevive gracias a la lengua de algunos.

A este punto de la conversación Tami interrumpió diciendo:

—Tus palabras son hermosas pero no se pueden palpar, y yo mi querido amigo solamente creo en lo que mis plumas pueden tocar, porque los ojos y los oídos se pueden engañar fácilmente en un momento de debilidad.

A lo que Daniel dijo:

—Claro, mi preciosa Tami, ¡Ahora te entiendo!; de acuerdo a tus palabras, tú vivirás hasta que tus plumas puedan tocar, y después… nada…, disculpa pero no sabía que tu cerebro fuese como el de algunos seres humanos que se limitan la vida y cuando se encuentran al final del camino, por miedo, empiezan a creer en cualquier cosa.

Sin agregar nada más, Daniel se despidió cordialmente de todos, en especial de Tami que se quedó pensativa. Daniel se alejó emprendiendo un vuelo fijo y lento, se fue elevando poco a poco sobre los árboles deshojados por el viento del otoño, mientras el éxtasis de estar en el aire lo acompañaba.

Daniel sintió que cada belleza a su alrededor empezaba a desvanecerse en cuanto un extraño y nuevo sentimiento se apoderaba de él… —¿Quién será ese amigo de Denis?, ¿por qué ella no comentó nada? , ¿será verdad?, ¿será posible que Denis no sea lo que yo…?

Mientras Daniel se dejaba arrastrar por esas dudas; la famosa águila Tanás, por primera vez sintió deseos de atacarlo al verlo aproximarse a su nido.

—Allí estas —pensó el ave en la espera de su presa— Sigue aturdiéndote palomita cada vez más y más, por fin te podré atrapar, pensaba Tanás.

—¿Qué estoy haciendo? —pensó Daniel— ¿Estoy dejando que el temor y la duda limiten mi vuelo?

Pero reaccionó tarde, y por primera vez se vio frente a frente con el águila que con un veloz y seco movimiento lo atrapó.

A Daniel le recorrió un frío por cada parte de su cuerpo que lo hizo temblar, sus alas trataron de soltarse de las garras del águila que mirando a su presa muy segura dijo:

—Lo que sientes, es el temor de la muerte… ¡palomita!

—¿Por qué, por qué? —Preguntó Daniel—

El águila apretándolo cada vez más, le contestó:

—Una duda bastó para que conocieras el miedo de perder, tan solo una duda me bastó para atraparte ¡Jajajajaja! —se reía orgullosa de su triunfo—.

—Dame otra oportunidad —suplicó Daniel— yo no soy diferente a los demás animales, puedo equivocarme y arrepentirme.

Pero el águila escuchando las súplicas respondió:

—Mi pobre infeliz, el que limita mi existencia estorba en mi reino, tú lo sabes, yo existo y existiré gracias a seres como tu amiga Tami, ellos me dan vida cada vez que sus lenguas expresan lo que piensan, me dan poder con sus miedos, ellos me crearon de la nada cuando iniciaron el juego de lo malo y lo bueno, lo bello y lo feo. Es gracioso, tú, conociendo el secreto de mi existencia caíste también en la trampa.

Daniel al darse cuenta del juego pronunció unas últimas palabras:

—Me ganaste, pero nos veremos muy pronto.

La paloma cesó de moverse en las garras del águila que nunca quiso matarla, solo deseaba escuchar las súplicas y ganar uno más en su reino.

—Cuando el miedo aparece una vez, ¿será posible que vengan otros miedos o dudas? ... quién sabe... pero... ¿por qué prefirió morirse Daniel?, ¿por qué?...

El águila cuanto más pensaba, más apretaba el cuerpo sin vida de Daniel. Su enojo fue mayor cuando se dio cuenta que lo único que estaba apretando era un montón de plumas que fueron desapareciendo en el aire.

– ¡Maldito! —gritó el ave malvada— Serás maldito mientras que yo exista. ¿Qué significa esto?... ¿dónde estás? Yo sé que no estás muerto. No destruirás mi reino, tus amigos estúpidos me darán más poder con sus lenguas llenas de veneno ¡Ellos me elevarán y creerán aún más en mí cuando sepan que yo te gané! ¿Me escuchaste Daniel? ¡Te gané! ¡Te vencí maldito!

Denis y el pequeño Ángel vieron todo lo ocurrido, por los ojos de ella salieron dos lágrimas: una de tristeza, porque ni siquiera el amor único y verdadero puede frenar una lágrima ante la pérdida, aunque sea pasajera, del cuerpo de alguien que se ama. Los cuerpos se quieren a su manera, pero se quieren, a pesar de ser un querer posesivo.

La segunda lágrima fue de felicidad. Porque aquel que conoce el verdadero amor, sabe que en la eternidad se encontrará con quien se desea volver a unir. Denis estaba segura de que Daniel seguía viviendo, y que el amor entre ellos enseñaría a su pequeño. En el Universo no existe ni lo bueno ni lo malo, solo lo justo, sin diferencias. Estas solo viven en el mundo de los humanos; que hicieron leyes para quebrantarlas en el juego del fuerte y el débil, sin darse cuenta que AL FINAL… no habrá ganador.

Denis empezaba a sentir el cansancio de sus plumas, su dicha más grande era ver crecer la sabiduría en su pequeño.

Una mañana los ojos de Ángel se abrieron más rápido que de costumbre, escuchó un sonido diferente, parecía una voz —¿Qué será?— se preguntó. El pequeño se levantó poco a poco, y se acercó a la orilla del nido. Buscaba lo que sus oídos escuchaban. Sus alas se fueron abriendo muy lentamente, él sentía un nuevo impulso, algo que lo empujaba y parecía decirle:

—¡Tu hora ha llegado!

—¿Mi hora?, ¿hora?, ¿hora de qué?

No lo pensó dos veces y se lanzó al vacío y empezó a volar con un estilo diferente, sus alas lo impulsaron a hacer cosas que a su vez lo asombraban y alegraban. Cruzó el cielo en toda su extensión, el mundo que descubría lo atraía como hipnotizado, y terminó aterrizando cerca de un bosque que se cubría con los últimos rayos del sol.

Ángel caminaba graciosamente entre otros animales más pequeños que corrían aterrorizados, la pequeña paloma no entendía por qué, pero los respetaba, y sonreía. Cuando llegó la noche, los sonidos eran como una música tranquila y arrulladora, cuando de repente... se volteó y vio un lobo cubierto por una piel desgastada por las luchas de la supervivencia ... lo miraba fijamente, sus dientes puntiagudos eran recorridos por su lengua deseosa de probar ese bocado. Ángel no mostró ningún cambio de actitud, todo lo contrario, pensó que la bestia quería jugar con él, sin imaginar mínimamente lo que estaba ocurriendo.

El lobo después de unos cuantos pasos saltó de inmediato a matar. Mas el pequeño seguía sonriendo con una calma absoluta ante su ignorancia por lo que ese acto podía significar.

El más sorprendido fue la bestia, que frenó su instinto, y lleno de asombro preguntó:

—¡¿Cómo puedes sonreír tan tranquilo sin tener miedo a morir?! ¿No ves que quiero comerte?

Ángel al escuchar palabras por primera vez desde que nació, confundido y con dificultad, articuló y dijo:

—¿Qué es el miedo?, ¿qué es morir?.

El lobo más aturdido aun, contestó:

—¿No sabes qué es el miedo y la muerte?, ¿acaso quieres burlarte de mí?

—¿Burlarme de ti? No sé, qué es eso.

La bestia cerrando la boca y subiendo aun más sus orejas exclamó:

—¡Esto es imposible!, ¿quién eres tú?, ¿de dónde vienes?... ¿no conoces lo que todo ser viviente conoce?

Ángel, sin más ni menos, con toda su inocencia dijo:

—Yo habito aquí, en tu mismo mundo y vine a él para poder volar más alto.

—¿A volar más alto? Pero estas caminando en el bosque, ¿qué dices?... ¿de qué hablas pequeño? ¡No entiendo de qué vuelo hablas!

—Del único que te lleva a la eternidad – sin dejar de sonreír un solo instante.

La bestia descubrió en esas palabras un instinto que lo empujó a decir:

—¡Escúchame pequeño extraño!, no sé, por qué, pero se me pasó el hambre. ¿Sabes?, me simpatizas, y no me gustaría que alguien te comiera. Óyeme bien, a cambio de que me des una pluma te enseñaré lo que es el miedo y la muerte.

—¿Por qué la pluma? preguntó curiosa la blanca paloma.

El lobo con una expresión de sabiduría sobre la vida contestó:

—Yo soy considerado uno de los más fuertes y astuto de los animales. Si alguna vez regresara a mi pueblo sin algo que pueda demostrar que sigo siendo lo que soy, se burlarían de mi y me perderían el respeto. La única forma de mantener mi reputación es llevar algo de mis víctimas. Como podrás entender, una pluma tuya será mi trofeo de esta noche.

—Ahora, ¡Escúchame bien!, es bueno que conozcas lo malo de esas dos sensaciones que son el miedo y la muerte para que te puedas cuidar, porque no todos los animales salvajes te perdonarán la vida como lo hice yo.

Ángel escuchó atentamente lo que según la bestia era el miedo y la muerte. El pequeño trataba de entender pero no podía, finalmente, para compensar la buena voluntad del lobo, le dijo:

—Si quieres, ahora yo te puedo enseñar lo que es el amor verdadero, sin pedirte nada a cambio.

La bestia no pudo contener una carcajada que despertó y asustó a todos los animales vecinos. Sin más ni menos con cara de compasión por la paloma exclamó:

—¡Por favor!, no me hables de eso, es el mismo argumento que utilizamos los fuertes para atrapar y vencer a los débiles. ¡Ah! y te soy franco, yo no sé lo que es, pero supongo que es una estupidez. A pesar de mi ignorancia al respecto, yo hago lo que me enseñaron referente al AMOR VERDADERO, y créeme, sin entender lo que digo o hago, siempre funciona, los tontos que confían son los fácilmente caen en la trampa.

Ángel, sorprendido por esa reacción y respuesta del lobo, preguntó:

—¿Estamos hablando del mismo amor?

La bestia después de un breve silencio contestó:

¿Por qué?, ¿cuántos tipos de amores hay? Yo conozco uno y es suficiente para estar convencido de que no me interesa. Ahora mi pequeño, no tengo más tiempo de charlar, por lo tanto como prometiste, entrégame tu pluma. ¿Me entiendes?

Ángel arrancó una pluma de su ala izquierda y la puso en la boca del lobo, y éste convencido de haber enseñado el miedo y la muerte, se alejó diciendo:

—¡Recuerda!, ahora ya sabes que te podrás defender y cuidar.

Ángel se quedó pensando… —¿Qué clase de amor es el que se usa para atrapar y burlarse de aquellos que creen en él?

La blanca paloma siguió entusiasmada su camino en el mismo bosque. Se cruzó con otros animales salvajes que hicieron y dijeron lo mismo que el lobo. En su trayectoria, Ángel, se iba quedando poco a poco sin plumas a cambio de aprender un amor que no entendía, porque no era igual al que sus padres le habían enseñado: —Recuerda hijo, hay una sola verdad que mueve el Universo, *El Amor…* aunque se le llame de diferentes nombres, todos lo buscan cuando son cubiertos por las piedras o quemados por el fuego de la desesperación. Pero la mayoría se equivocan, como algunos seres que corren al mar cuando tienen sed, y creen que el agua es agua, y sin distinguir asumen que toda es buena para limpiar o quitar la sed—.

Una mañana, Ángel se encontró cerca de la ciudad de las ratas y en la entrada había un letrero que decía: BIEN-VENIDOS SEAN TODOS AQUELLOS QUE RESPE-TEN LAS LEYES DE NUESTRO SOBERANO. Sin más ni menos, el pequeño entró en la metrópoli y se acercó a una rata que estaba en una esquina hablando con una piedra diminuta, y estando frente a frente le preguntó:

—Hola amiga, ¿qué estás haciendo?

—El roedor con un tono un poco triste le contestó:

—Me siento tan sola… necesitaba con quien hablar.

Ángel cerrando y abriendo los ojos por un segundo, dijo:

Pero… ¿cómo puede ser?…en esta ciudad habiendo tantos seres con quien podrías conversar… ¿tú hablas con una piedra que no te puede contestar?

La rata apoyándose en la pared mientras movía sus bigotes contestó:

—Amigo, en esta ciudad solo son escuchados los que tienen poder. Con el poder, el sordo más pobre escucha hasta el hablar del mudo más rico.

—No entiendo.

Respondió Ángel y añadió:

¿Qué es ser rico?

La rata sintiéndose burlada le contestó:

—¡¿Cómo?! ¿No sabes lo que es un rico? Si quieres burlarte de mí, por favor, dime otra gracia…o… ¿lo dices de veras?

El roedor mirando un poco más cerca al pequeño, le dijo:

—De verdad tienes cara de no saberlo pequeño.

Y sintiendo lo mismo que el lobo le dijo:

—Te explicaré. Hace muchísimo tiempo cuando todos poseían todo y nadie poseía nada la vida era tranquila, sin altos ni bajos, cada día era igual, con el mismo sol y la misma luna. Pero con el pasar del tiempo los habitantes empezaron a sentir el peso del aburrimiento. Si uno tenía una manzana el otro también; y un día, a alguien se le ocurrió un juego y pensó: — si yo llegase a tener algo que los demás no tienen, sería diferente. Y a todos les llamaría la atención—. Por lo tanto buscó en las montañas, ríos, mares y desiertos hasta conseguir piedras que no eran comunes. Había unas que brillaban más, especialmente a los ojos de los que no tenían. Desde ese día cada uno de los habitantes trató de buscar las suyas, pero no todos consiguieron lo mismo; unos más, otros menos, y otros no hallaron nada.

El juego había empezado y las reglas nacieron solas. Inteligente era el rico, es decir, el que poseía más piedras brillantes, porque tuvo la astucia de saber encontrarlas. Por esa razón era escuchado y respetado. Al que no poseía nada ninguna atención se le brindaba. Así nació el juego del rico y el pobre. El valor y la importancia del primero corresponden a lo que valen sus piedras; el segundo, no vale nada.

Ángel escuchó y preguntó curioso:

—¿Con las piedras puedes conseguir o comprar el amor?

—¿A qué rico le interesa comprar algo que no brilla y que no se puede tocar con las patas? El amor es para los débiles y tontos. Así acaban los que lo consiguen en esta ciudad.

Dándole la espalda a la paloma terminó diciéndole:

—Ahora pequeño deja que continúe la conversación con mi amiga la piedra.

La pequeña paloma entendió que no había más nada que preguntar y se marchó. Caminando entre una esquina y otra y observando lo insólito y lo inexplicable, escuchó unos gritos provenientes de una plaza.

Se acercó, había una gran multitud que rodeaba una pequeña tarima en la que había dos ratas negras que colocaban una soga al cuello de un pequeño ratón esquelético que repetía sin cesar:

—¡No podía más!, ¡tenía hambre! … ¡Entiéndanme!, robé esta nuez por mi familia que tenía hambre.

La multitud de ratas no podía escuchar estas súplicas porque ellos a su vez gritaban:

—¡Maten a ese ladrón!

Ángel entre tanta confusión se acercó a una rata para preguntarle qué estaba pasando:

—Están ejecutando a ese pobre ratón desgraciado por robar una nuez. Aquí eso está penado con la muerte.

—Pero… ¿y estas qué son?

Preguntó, mirando el suelo cubierto de nueces.

—¡¿Qué no lo ves?! Son nueces. —Contestó la rata un poco molesta—

A lo que la pequeña paloma confundida siguió diciéndole:

—No entiendo, si hay tantas nueces… ¿Por qué están condenando a ese ratón por comer una sola?

—¡Escúchame extranjero! Esas nueces son sagradas y solo nuestro soberano por descendencia las puede comer. Te explicaré mejor —y la rata con un tono de conocimiento y sabiduría le relató la historia de las nueces a la joven paloma—.

—El primer soberano que mandó en estas tierras dictó una ley al descubrir que la nuez era un alimento que poseía propiedades muy valiosas para la inteligencia; y como nuestros soberanos tienen que velar por nosotros y necesitan tener siempre ideas claras y precisas, guardó el privilegio del consumo de este alimento solo para él y sus herederos.

Ángel, aún no convencido de todo ese cuento preguntó inocentemente:

—¿Quién eligió al primer soberano?

—Nuestros primeros antepasados.

—Ósea, —respondió Ángel, mientras se frotaba el pico—. Si el primer soberano fue elegido por tus primeros antepasados, entonces, significa que… ¿Él y todos los soberanos que siguieron eran ratas normales como ustedes?, ¿por qué si el soberano es igual al pueblo, el pueblo no tiene derecho a ser tan inteligente como sus soberanos?

La rata después de escuchar atentamente contestó:

—Tienes razón extranjero, nunca lo había pensado… de todos modos, es demasiado tarde para cambiar esa ley, sería luchar contra el poder del soberano y te confieso, él me da miedo, y el miedo hace olvidar muchas verdades.

Se volteó y siguió gritando:

—¡Maten a ese ladrón!

La pequeña paloma se fue alejando… dejando atrás los gritos de suplica del pobre ratón que estaba a punto de ser ejecutado.

El sol empezaba a esconderse lentamente y su luz parecía cubrir la ciudad de mil colores. La pequeña paloma cruzó por muchas calles, una que otra poblada con casas de bellos jardines y otras, con casas con apariencia de pobreza. En una de ellas se encontró con tres ratas que lloraban en un pequeño cementerio cercano. La primera tirada sobre una tumba decía entre sollozos:

—Sin ti mi amor no puedo seguir viviendo, ¿por qué me dejaste? Tengo un sufrimiento muy profundo en el alma.

La segunda mirando una foto mojada por sus lágrimas decía:

—Sin ti mi amor no puedo seguir viviendo, ¿por qué te fuiste con otro?, ¿por qué me dejaste este sufrimiento tan profundo en el alma?

La tercera rata mientras se pegaba con la cola decía:

—¿Por qué, nunca, nunca, nunca, tuve un amor como el de ellas? Por lo menos mis lágrimas serían de sufrimiento de amor y no de soledad.

Ángel paralizado por lo que vio y escuchó, dijo:

—¿Qué clase de amor es el que hace brotar lágrimas de sufrimiento?

Acercándose muy amigablemente siguió diciendo:

—Si lo desean les puedo enseñar el verdadero amor que hace brotar sonrisas y da paz al alma.

Las tres ratas dejando de llorar preguntaron una a una

La primera:

—¿Ese verdadero amor le devolverá la vida a mi esposa?

La segunda:

—¿Ese amor tuyo puede convencer a mi novia que vuelva?

La tercera:

—¿Ese amor que tu enseñas puede complacerme con una linda ratita?

Ángel mirando a las tres ratas, con tristeza lo único que supo contestar, fue:

—No...

Las tres ratas desilusionadas y amargadas respondieron:

—Entonces, ¿a quién le interesa ese verdadero amor que no se puede tocar, ni ver? ¡Vete pájaro desgraciado que no sabes nada!, ¡déjanos con nuestro sufrimiento!

La blanca paloma no insistió y con paso lento se devolvió al camino de donde venía.

Al día siguiente mientras se bañaba en un río que rodeaba la ciudad le pareció escuchar a alguien que se quejaba y decía:

—¿Por qué la vida es tan cruel conmigo?, ¿por qué tendré tan mala suerte en todo lo que hago? ... ¿Por qué?

Ángel saliendo del agua mientras sacudía sus plumas para secarlas, se acercó al ser que se quejaba y le preguntó:

—Dime amigo, ¿quién te dijo que la vida es cruel? y... ¿qué es eso de la suerte?

El pobre infeliz por un momento dejo de quejarse y al instante contestó:

—¡¿Cómo?! ¡¿Acaso para ti la vida es bella?!

Y siguió diciendo con rabia el infeliz

—¿Cómo es posible? Mi padre cuando yo era pequeño, por amor, me repetía siempre lo mismo: "La vida es cruel hijo mío, si no obtienes lo que quieres". Para obtener lo que quieres se necesita suerte, y créeme, que es verdad, yo lo sé, mi padre conoció la vida y por amor a él, yo viví como vivió él, y de verdad, tenía razón… la vida es cruel… si no hay suerte.

—Pero… ¿qué es la suerte?

El infeliz con una expresión de interés y conocimiento a la vez, dijo:

—La suerte es algo mágico que realiza todo aquello que uno quiere conseguir.

—¿Y tú trataste de averiguar de dónde viene esa magia?

El pobre resignado y agobiado patéticamente contestó:

—¿Para qué me sirve averiguar? ¡Si yo no tengo suerte!…..por favor, ¡vete, vete! y déjame con mi mala suerte… ¡Veteeeeeee!

Una vez más Ángel se alejó de otro que no quería escuchar y, pensó: —¿Qué clase de amor enseña que la vida depende de una magia llamada suerte?—.

Nuevamente emprendió su camino sin comprender y sin poder hacer entender ESE AMOR QUE TODO LO PUEDE, no ha encontrado a nadie que lo conozca…

Por todos los ángulos la ciudad era igual, cada ser caminaba junto a otro y todos se cruzaban en la misma calle, y nadie conocía a nadie… ninguno saludaba, y si Ángel saludaba a alguien con entusiasmo, todos se volteaban para opinar y decían: —¡Ese está loco!—.

Ángel, caminando por el borde de una de las tantas esquinas, vio una rata rodeada de muchos libros memorizando cada frase que leía:

—¿Qué estás haciendo?

La rata dejó de leer y con expresión molesta contestó:

—No ves estúpido que estoy aprendiendo para ser sabio… memorizo cada frase de estos libros escritos por sabios y que ellos por ser sabios les escucharon. Tengo que memorizar para ser sabio y ser escuchado también.

A este punto del camino ya Ángel empieza a comprender cuando continuar una conversación o cuando alejarse sin comentar ni volver a preguntar nada. Por lo visto para todos él es el loco, y por eso prefiere volver a su camino mientras piensa: —¿Qué clase de amor es el que te enseña que la palabra de otros, aunque sean sabios, vale más que la tuya y por ende no puedes ser escuchado?—.

Perdiendo el interés de seguir en la ciudad de las ratas pensó que era conveniente regresar al bosque.

Una vez más se encontraba saltando en ese hermoso mundo, entre flores de diferentes colores, con aire puro y la brisa de la tarde que le movía las cándidas plumas. Entre una flor y otra se distinguían pequeñas casitas hechas con pétalos de rosas y claveles, sin puertas ni ventanas, lo raro era, que solo una de ellas parecía estar habitada. Fascinado por el lugar y lleno de entusiasmo quiso conocer al solitario ser que la habitaba y gritó:

—Hola, ¿quién vive aquí?

El morador al escuchar el saludo se asomó y contestó amablemente:

—¡Bienvenido extranjero!, ¿a qué debo el honor de tu grata visita?

—Mi nombre es Ángel y quiero conocer los habitantes de este pueblo tan lindo, pero veo que estas solo…

El individuo con una pequeña sonrisa y palabra firme respondió:

—¡Yo soy el rey de esto y de mí mismo!

—¿Y quién te nombro rey?

El sabio ser con mucha gentileza contestó:

—Yo no necesito un pueblo para sentirme rey, porque cada casa de este lugar fue construida por seres como yo, y cada uno de ellos merecía ser rey.

—Pero… ¿dónde están los demás reyes?

—Me imaginé que me lo ibas a preguntar…bueno, en pocas palabras, el día que un rey necesite un pueblo para sentirse como tal, es porque dejó de serlo para ser pueblo.

—No entiendo —Contestó muy curioso Ángel mientras se deleitaba mirando la belleza de la naturaleza—.

Una vez más contestó el rey:

—Hijo, desde que la vida es vida, el pueblo siempre elige al rey, pero nunca un rey elige al pueblo. Un pueblo es el total de muchos seres, y si cada uno de ellos se siente débil y confundido, al final tenemos un pueblo débil y confundido. Cuando esto ocurre, el pueblo opta por alguien fuerte y seguro para que lo guíe y sea nombrado rey. Ahí, es cuando el pueblo comienza a sentirse fuerte y seguro. Por eso hijo me siento rey, porque yo se quién soy y donde voy, no necesito que me guíen.

—Empiezo a entender… —dijo Ángel—

El rey para finalizar preguntó:

—Si tú sabes lo que quieres, ¿qué serías?, ¿rey o pueblo?

—… Rey.

—Si alguien te busca por tu fuerza y seguridad, y se impregna de dichos atributos, ¿quién crees tú que necesite a quién?, ¿el rey al pueblo o el pueblo al rey?

Los dos rieron sin dejar de contemplar el cielo, y el rey pronunció unas últimas palabras sabiendo que la charla estaba por finalizar:

—Veo y siento que me entendiste mi bella paloma, y quiero decirte algo que sale de lo más profundo de mi corazón: EL MEJOR REY ES AQUEL QUE LOGRA CONVERTIR A UN PUEBLO EN UN REINO DE MUCHOS REYES.

Al escuchar estas últimas palabras, Ángel finalizó preguntando:

—¿Cuál es tu apellido?, amigo rey.

—Experiencia.

Sin más ni menos cada uno volvió a lo suyo, y Ángel emprendiendo nuevamente su camino pensó: —¡Qué bello es el amor que te hace sentir rey sin necesitar un pueblo!—.

Ángel siguió su aventura por el bosque mientras la noche aparecía poco a poco, anunciándose con sus primeras y diminutas estrellas y la luna se escondía en unas nubes pasajeras. Se sentía más alegre que nunca recordando su último encuentro, pero ese entusiasmo fue interrumpido de repente por el eco de una voz que provenía del centro del bosque, y olvidándose por un momento de su amigo rey...quiso averiguar de quien era esa voz...se dejó guiar por ella, y gracias a su buen oído encontró a un grupo de ovejas reunidas escuchando atentamente a una zorra disfrazada de oveja, que cubierta por una bata negra, decía...:

—¡Venid a mí, hijos míos!, que os enseñaré la verdad que os guiará por el camino del cielo, ¡escuchadme y seguidme! En el libro está escrito: "Con el sufrimiento del cuerpo, el espíritu se purifica"...ustedes saben que esas palabras fueron escritas por santos que se flagelaron para mostrar la verdad a sus semejantes, se sacrificaron y murieron por ustedes, demostraron la verdad a sabiendas que nunca más podrían regresar, ¡yo os salvaré, venid a mi y purificaré vuestro espíritu!

Ángel desconcertado por lo que había escuchado, preguntó a una oveja, quiénes eran y quién era él que hablaba. La oveja con una expresión de gloria y dicha, contestó:

—Somos los seguidores de la iglesia del profeta de la verdad; y tú amigo, ¡Oh!... que afortunado eres por estar viendo y escuchando ahora... Hoy se nos presentó para guiarnos con la palabra del libro sagrado del gran profeta…Él sabe hablarnos porque conoce lo que necesitamos, sus palabras nos envuelven en un éxtasis de hermosura y paz. Él conoce nuestras debilidades y ansiedades, sabe que necesitamos en quien creer, y aquí está, ahora, con todos nosotros, ¡Daría mi vida por Él!, porque es mi amor y mi todo.

La blanca paloma presintió que en esta oportunidad estaba frente a seres muy diferentes a los había conocido. Estos parecía que querían creer en algo o en cualquier cosa que les mostrara un camino, el que fuera, porque cualquier camino es bueno para quien no sabe adónde ir en la vida.

Ángel, avanzando casi frente a frente del profeta, siguiendo su impulso le gritó:

—¿Qué tipo de verdad es la tuya que necesitas disfrazarte de lo que no eres para ser escuchado?, ¿cuál es la verdad que dices que hay que sufrir para purificarse?, ¿qué clase de amor profesa esa verdad que se aprovecha de los ciegos que siguen nadando en el desierto, solo porque alguien una vez les dijo que el desierto es el mar?

Él bajando su mirada y con una expresión fría y calculadora, no habló, solo dejó que la pura paloma terminara de hablar, la estaba estudiando, 'Él miraba a la multitud mientras Ángel hablaba.

—Te digo profeta: Desde que empecé mi camino, he escuchado toda clase de amor que aun no entiendo, pero de todos, el tuyo es el que pide sufrimiento.

Seguidamente se dirigió con voz más fuerte e imponente a la multitud de ovejas y dijo:

—¿Por qué es tan difícil entender una verdad simple?, ¿por qué la quieren complicar y mal interpretar?, ¿ustedes creen que nuestro Padre nos dio la dicha de la vida sobre la tierra para que nos atormentemos y la destrocemos con cuchillos o con fuego?... ¡¿Qué clase de Padre sería, si así fuese?!...

El discurso de la pequeña y blanca ave fue interrumpido por el falso profeta que gritó:

—¡Animal presumido y arrogante!, ¿acaso estas insinuando que mi verdad es falsa?, ¿cómo osas poner en duda las palabras escritas por seres que dieron la vida por nosotros?, ¿acaso crees tú saber cuál es la verdad que todos buscamos?, o es que... ¿tú eres el verdadero profeta? ¡Contesta! somos todos oídos.

Ángel, en pleno silencio que por un momento se hizo sentir, con una sonrisa resplandeciente, con las alas abiertas y notablemente desplumadas por todas las que ha tenido que dar desde que empezó su camino, respondió:

—¡Qué bien lo haces!, sabes jugar inteligentemente con tus palabras y las de los demás. Hay una sola verdad, y de ella se desprenden mil verdades maravillosas, iguales a nosotros, pero todos la entenderán solo cuando sus oídos dejen de escuchar solamente lo que quieren oír.

El falso profeta viendo en las ovejas una expresión de confusión, intervino por miedo a perder terreno y dijo:

—Ustedes lo han escuchado, con juego de palabras está tratando de hacernos creer que solo él conoce todas las verdades. Lo que falta es que nos diga que él, es nuestro ¡Padre!.

La zorra profeta al darse cuenta que había ganado otra vez terreno, gritó con todas con sus ganas, ímpetu y tono de mando:

—¡Agarrad a ese hijo de Tanás!, antes de que os atrape con su falsa verdad y aprese a otros inocentes.

Todas las ovejas motivadas por el pedido de su líder, dominadas por el impulso y convencidas que estaban obrando justificadamente, tomaron a Ángel, sin que este hiciera una mínima resistencia

La pequeña paloma se dejo atrapar entendiendo cual era el juego del Profeta, y mientras lo miraba se dejó llevar a prisión.

Pasó un día y una noche encerrado, reviviendo todo lo ocurrido. Sus pensamientos por un instante fueron interrumpidos por la voz de su madre Denis que decía:

—Mi pequeño gran hijo, los animales no ven cuanto deberían ver, ellos limitan sus pasos, lo quieren saber todo y cuando creen saberlo todo, quisieran no haber aprendido nada, porque sienten que no hay más juego que aventurar. Juegan con su vida y con la de los demás;

la única forma que entiendan tu mensaje de amor, es que estés en su mismo juego, con sus propias reglas. Recuerda amor mío, si ellos no ven no creen, ojalá algún día el ser animal comprenda que la vida es algo más que un juego estúpido. Que puedan percibir que lo que los lleva al verdadero cielo es volar o caminar libres por el sendero del conocimiento.

Después de haber escuchado, Ángel lentamente se durmió en un ángulo frío y húmedo de la celda. Al día siguiente frente a una multitud de ovejas, lobos y otras especies animales, la pequeña paloma, sin más ni menos, fue condenada por todos a la prueba de muerte para la purificación de su espíritu.

Ángel, empezó el juego, él era la víctima y mientras era trasladado al lugar de la ejecución se tropezó con su viejo amigo el lobo, disfrazado de oveja, quien le dijo:

—Te advertí que aprendieras a tener miedo… ¿recuerdas? ¡Mírate, ahora!, ya nadie podrá salvarte.

El lugar de la ejecución era la cumbre más alta de la montaña, donde vivía la legendaria águila Tanás.

Según la leyenda de los animales, si el ave salvaje mataba a su presa, era porque esta era inocente y su espíritu se podía librar del pecado, pero si la presa seguía viva, entonces, era uno de sus hijos.

Ángel observando a todos y sin pronunciar palabra, continuó su juego de víctima y cuando llegó el momento, fue soltado y empujado al vacío. Mientras tomaba vuelo, la pequeña paloma era observada por la multitud que esperaba impaciente la aparición de Tanás.

Ángel sabía que la única forma para encontrarse con el águila era sintiendo miedo o algún otro sentimiento negativo.

¿Qué podía hacer? él nunca pudo entender, percibir o abrigar en lo más mínimo esos sentimientos pero mientras tomaba vuelo con las pocas plumas que le quedaban, de pronto recordó algo: su padre Daniel conoció el miedo por lo tanto era el único que lo podía ayudar en la parte final de este juego.

Daniel siempre supo que ese era el momento… el momento de su último regreso a la tierra, y acudiendo al llamado de su precioso hijo, tomó posesión del cuerpo de su pequeño.

El águila Tanás en ese preciso momento apareció, y en el silencio profundo de la montaña se lanzó en picada sobre la blanca paloma pensando que era Ángel.

La pequeña ave sabía muy bien que hacer, y una vez que se dejó atrapar dijo:

—¿Qué tal Tanás?... nos volvemos a encontrar, ¿qué?, ¿no me recuerdas?... Yo nunca prometo en vano y aquí estoy otra vez.

Escuchadas estas palabras, la salvaje ave recordó de inmediato quien era.

—¡Daniel!... ¡¿tú?!...¡¿Cómo es posible?!

En un momento de pánico, ¡sí!, Tanás sintió eso: ¡PÁNICO!, soltó la presa y esta voló más rápido que nunca, con unas alas y un cuerpo más rico en plumas, radiantes como oro expuestas al sol, y dijo rápidamente:

¡¿Cómo?!...ahora... ¿tú tienes miedo? ¡Te reto!... ¡Vamos Tanás!, el que llegue primero al cielo seguirá existiendo en la eternidad.

La exuberante paloma en un instante aceleró su vuelo hacia arriba con una exactitud como nunca ninguna de su especie lo había hecho jamás, abriendo con su cuerpo, que parecía una flecha, el aire de par en par.

La salvaje ave reaccionando de su estupor, inició con rabia y sed de venganza la persecución... y gritó:

—¡Pobre estúpido!, iluso, yo soy la reina de los cielos, nadie me vencerá jamás, y menos una paloma insignificante como tú.

El águila sentía la fricción del aire en sus ojos por la excesiva velocidad, lo que hacía que los tuviera casi cerrados, y sacando fuerzas por la ira, fue acercándose más y más... pero sin darse cuenta que había subido tanto que el oxígeno se estaba agotando...

—¡¿Qué pasa Tanás?! —Gritó la paloma— ¿No puedes respirar en tu propio reino?

Tratando en vano de subir más, el águila, ya al borde de la muerte pronunció estas últimas palabras:

—¿Por qué tú no MUERES? ¡Maldito!, ¡¿cómo puedes respirar?!

La paloma mirando a los ojos de Tanás y viendo en ellos la desesperación de un perdedor, solamente contestó:

—Para poder volar en el cielo de la eternidad primero tienes que aprender a volar en el cielo de la tierra.

Al escuchar estas palabras ya casi sin aliento y perdiendo el conocimiento, Tanás se dejo caer en el vacío mirando como se le estaba perdiendo el cielo que nunca podría alcanzar.

—Es triste saber que allí abajo hay seres que te devolverán la vida, con sus falsas leyes y sus complicadas verdades —terminó diciendo Daniel—.

Concluida su última misión, devolvió el cuerpo a su hijo preguntándole:

—¿Qué vas a hacer ahora hijo?, ¿te quedas con este cuerpo en la tierra o deseas irte a otro lugar del infinito Universo, donde el amor ES, y no donde el amor lo USAN?

Ángel, ahora resplandeciente, siendo pura energía, con su acostumbrada sonrisa contestó:

—La lógica de los animales es un círculo interminable entre empezar y terminar, su juego es aburrido y tonto, como tu bien dijiste padre… jugaré mi última parte del juego de los animales.

Ángel posesionándose nuevamente de su cuerpo terminó el juego, dejando caer todas las plumas sobre la tierra que se fueron esparciendo en los lugares más remotos y desconocidos. Desde entonces todos los animales van en busca de esas plumas, así sea para decir al mundo: —Yo conocí el amor verdadero, ¡Miren! ¡Esta era su pluma!—.

Como dice el dicho: "Ver para creer".

Es evidente que este mundo seguirá esperando al mesías, y siempre necesitarán verlo crucificado, con el cabello largo, unos ojos más azules que el mar y las gotas de sangre que corran por su rostro.

El ser humano, para poder entrar en el reino de los cielos, primero tiene que aprender a ser rey sin necesitar un pueblo.

"El juego continúa".

    Ángel

"El día en que todos dejen de vivir, solo por vivir, ese día aprenderán a nunca morir".

    Denis.

"Para poder volar en el cielo de la eternidad, primero hay que aprender a volar en el cielo de la tierra".

    Daniel.

"La tierra es un barco en el que todos viajamos, si unos destruyen la popa, y otros la proa; todos sin excepción nos hundiremos con él, si se quiere se puede empezar otro juego: El verdadero y único amor del Universo SÍ EXISTE porque todos somos parte de él".

    Yo.

De todas las formas que se le quiera llamar, el amor es Dios.

Para finalizar, les regalo esta reflexión:

Por un momento piense en lo que más le encantaría tener en esta vida: un carro, un avión, un barco, una mansión, o la joya más increíble del planeta. Si fuera el único ser en la tierra en tenerlo ¿cree que lo disfrutaría de igual manera como si estuviera viviendo en la tierra, así, como vive ahora?

¡Gracias por su tiempo en leer este libro!

¡Gracias por existir!

¡Gracias por compartir algunas de mis ideas!, pero ante todo:

¡Gracias por ser lo que es! Recuerde, usted no es ni mas ni menos que nadie

TODOS SOMOS COMO MANZANAS DEL MISMO ÁRBOL, QUE CAEMOS MÁS CERCA O MÁS LEJOS DE ÉL.

Esta historia la empecé a escribir en Agosto de 1978 para impresionar una novia. Me di cuenta que todas las madrugadas me venían ideas y las escribía. Poco a poco me fui olvidando de la novia y le di más importancia a la historia, así fui añadiendo ocurrencias y con el pasar de los años...finalmente lo presento.

Escribiendo, me di cuenta que todo detalle, por mas estúpido, sencillo o pequeño que sea, tiene su importancia para incentivarnos a crear algo, y a veces... ese algo nos puede cambiar la vida, y a su vez, podemos cambiar la vida de otros.

A pesar de haber tener una vida muy difícil desde el punto de vista emocional, me considero una persona sumamente afortunada.

He conocido múltiples triunfos y caídas, y tambobjén al peor enemigo que se pueda tener: EL ATAQUE DE PÁNICO. Quien no lo ha experimentado no puede entender lo que se siente, porque es un enemigo que no puedes ver, ni tocar, ni oler, ni escuchar, pero te hace sentir cosas ¡terribles!, ¡horribles!, que no existen. Por lo tanto se vive con pastillas, o como un ciego, sordo y mudo, que camina desarrollando una seguridad y dominio sobre el cuerpo y la mente, y se triunfa GRACIAS A LA FE —que no todos lo logran—, esta es la razón que motiva muchos episodios del cuento.

Creo que todos tenemos un ÁNGEL o un TANÁS dentro y está en nosotros decidir cual de ellos dejamos triunfar por sobre todas las cosas.

Hay un dicho que dice: "Detrás de cada gran hombre hay una gran mujer" yo preferiría cambiarlo así: "Detrás de cada gran hombre hay una GRAN madre o un

GRAN padre". Si no lo creen, piensen por un momento que hubiese sido de Gandhi, de no haber tenido la madre que tuvo. Caso contrario a lo ocurrido con el no menos famoso, Charles Manson, rechazado desde siempre por su madre. Irónicamente he visto más jóvenes vestir franelas con la imagen de su rostro, que con el rostro de Gandhi. Si miran a su alrededor podrán darse cuenta de muchos casos similares a estos.

"VIVA ETERNAMENTE EL AMOR
INTELIGENTE"

Agradecimiento

A Nina Rocha, por ayudarme a realizar este libro, ¡uno de mis más grandes sueños!